Essie

Et si je changeais de maman ?

Claire Clément a commencé à écrire à 10 ans, pour prolonger l'imaginaire qu'elle découvrait avec ravissement dans les livres. Écrire des histoires qui émeuvent les enfants, c'est un défi pour Claire, qui allume son regard, fait palpiter son cœur, envahit sa tête. Mais ses quatre enfants se chargent de la ramener sur terre... heu... sur l'eau plutôt. Car Claire vit sur une péniche à Joinville-le-Pont. Elle est également chef de la rubrique romans au magazine *D Lire* à Bayard Presse.

Du même auteur dans Bayard Poche :
Et si j'étais maîtresse ? - Et si j'étais riquiqui ? - Et si j'étais un garçon ? - Et si j'étais sorcière ? - Et si j'étais un superhéros ? (Mes premiers J'aime lire)

Robin est né en 1969. Tout petit, il attrape le virus du dessin ! En sortant de son école d'art, Robin entre à la rédaction de *Grain de soleil*, à Bayard. C'est là qu'il reçoit son célèbre surnom : des enfants ont reconnu sa ressemblance avec le meilleur copain de Batman ! Aujourd'hui, Robin est directeur artistique du magazine *Mes premiers J'aime lire*. Parallèlement, il consacre beaucoup de temps à dessiner Depuis qu'il a quitté la ville pour s'installer à la campagne, notre illustrateur est aussi devenu un « Robin des champs » qui ne pourrait vivre sans cultiver son jardin.

Du même auteur dans Bayard Poche :
Le ballon perché - Pas si vite, Julia ! - Et si j'étais maîtresse ? - Et si j'étais riquiqui ? - Et si j'étais un garçon ? - Et si j'étais sorcière ? - Et si j'étais un superhéros ? (Mes premiers J'aime lire)

Troisième édition

Dépôt légal : janvier 2007
ISBN 978-2-7470-2135-7
Loi du 16 juillet 1949 sur les publications destinées à la jeunesse.

Essie

Et si je changeais de maman ?

Une histoire écrite par Claire Clément
illustrée par Robin

mes premiers j'aime lire
bayard poche

CROTTE!
CROTTE!
CROTTE!!

Essie était si fâchée qu'elle a dit « crotte » à sa maman. Elle est punie et doit rester dans sa chambre.

– J'en ai marre ! Si tu savais comme j'en ai marre ! confie-t-elle à Bouffon, son chat. Parfois, je t'assure, je voudrais changer de maman !

Et si… Et si…

Et si je choisissais une autre maman ?

Aussitôt une foule de mamans font la queue devant la chambre d'Essie.

Un peu intimidées, elles tortillent leur mouchoir.

Elles aimeraient tellement être choisies !

Toc, toc, toc !

– Entrez ! dit Essie.

Une maman entre. Elle est rose d'émotion.

– Alors, lui demande Essie, que savez-vous faire ?

D'une voix très douce, la maman se met à raconter une histoire :

– Il était une fois un géant si grand qu'il se cognait la tête contre les nuages. Un jour, il entendit une voix : « Hé, toi, là, va-t'en ! T'as rien à faire chez moi ! » Surpris, il observa les environs : personne, non, personne à l'horizon...

Quand la maman a fini, elle est très fière, elle voit bien que son histoire a plu.

– Alors, s'exclame-t-elle, ne suis-je pas une fabuleuse maman ?

Essie hésite :

– Votre histoire était merveilleuse, c'est vrai. Mille fois merci, mais...

– Mais ?

– Il manque la petite musique, soupire Essie.

La petite musique ? Quelle petite musique ? La maman ne comprend pas.

Déçue, elle s'en va en claquant la porte.

Toc, toc, toc !

– Entrez ! dit Essie.

Une deuxième maman entre, aussi rose que la première.

– Et vous, l'interroge Essie, que savez-vous faire ?

La maman ne perd pas de temps. Elle prend Essie dans ses bras et commence à la bercer en chantant :

– Câlin, câlinette, maman, maminette...

Puis elle aperçoit Bouffon, elle l'attrape, le cale sur ses genoux et lui gratouille le petit creux entre les oreilles.

À la fin de la chanson, la maman s'exclame, toute souriante :

– Alors, ne suis-je pas la plus douce des mamans ?

Cette fois encore, Essie hésite :

– Heu… c'est-à-dire… il était bon ce câlin, vraiment… mais…

– Mais… ?

– Il manque la petite musique, soupire Essie.

La petite musique ?

Quelle petite musique ? La maman n'y comprend rien.

Déçue, elle s'en va en claquant la porte.

Toc, toc, toc !

– Entrez, entrez ! s'écrie Essie.

La troisième maman adore jouer à la poupée. Mais…

– Mais ?

– Heu… c'est-à-dire, c'était très amusant, mais il manque la petite musique.

Toc, toc, toc !

– Entrez, entrez !

La quatrième maman est très belle. On dirait une princesse. Mais...

Là aussi, il manque la petite musique.

Toc, toc, toc !

La cinquième maman ne sait pas gronder.

Elle dit oui à tout. Essie peut même lui dire : « Crotte, cacaprout, et purée de caca ! », elle ne s'énerve JA-MAIS.

N'empêche… il manque la petite musique.

Les mamans sont agacées. Elles discutent derrière la porte :

– Vous savez ce que c'est, vous, cette petite musique ?

– Non. Et vous ?

– Non plus. C'est énervant à la fin !

Bientôt, il ne reste plus une seule maman ! Ah si ! En voilà une qui arrive en courant !

– Moi, dit-elle, essoufflée, je sais très bien faire les frites !

Elle prend les pommes de terre,

les épluche,

les coupe,

les fait frire,

les saupoudre de sel,

Et, hop, elle les tend à Essie
et à Bouffon.

– Miam, trop bon ! dit Essie. Je n'ai jamais mangé de frites aussi… aussi…

– Personne ne résiste à mes frites ! déclare la maman. Alors, ne suis-je pas la plus délicieuse, la plus succulente, la plus savoureuse, la plus exquise, la plus divine des mamans ?

– Heu… c'est-à-dire…

Alors les mamans, excédées, ouvrent la porte et se mettent à hurler :

– Il n'y a pas la petite musique avec les frites, c'est ça ?

Essie avoue tristement :

– Oui, c'est ça.

Soudain, une maman furieuse se précipite sur Essie.

– Eh bien, moi, grince-t-elle entre ses dents, moi, je sais très bien donner les fessées, et avec **la petite musique, encore** !

Essie se sauve :
– Au secours ! Faites que je rêve !

– Pouce, je ne joue plus ! dit la maman en se carapatant. C'est un bouffon, ce chat, un fou dangereux...

Ouf... Essie a eu chaud !

– Toi, mon Bouffon, tu as compris, hein ?
Tu la connais, cette petite musique !
Tu l'entends entre toi et moi ?
Entre ma maman, mon papa et moi ?

Mais oui, c'est la petite musique des gens qui s'aiment !

Toutes les aventures de

Essie

Et si je changeais de maman ?

Et si j'étais maîtresse ?

Et si j'étais riquiqui ?

Et si j'étais un garçon ?

Et si j'étais sorcière ?

Et si j'étais un superhéros ?

Achevé d'imprimer en juin 2009 par Pollina S.A.
85400 LUÇON - N° Impression : L50918A
Imprimé en France